沈丁花　月のひかりは…

からしま　あきこ

文芸社

目次

沈丁花

月のひかりは…

白き花　匂ひ舞ひ散り　沈丁花
意は望まぬと　言葉（ことは）にらんで

並ぶれば　山望みては　海越へて
星輝くも　月のひかりは

第一章

こひ・四季の移ろひのなかで

＊春

極寒に　土被り居り　しのぐ刻
よくぞ春に　生まれけるかな

如月の　三寒四温も　とほければ
未だ来ぬ春の　足踏みのころ

帰へり着き　疲れし躰　こころにも
沁みわたるかな　ヒアシンスの香

離れとは　片付けること　意ならずも
まへを見つめて　春の宵ひなら

う月まで　幾日を折るは　指見つめ
弥生の雪に　節を重ねて

楽しめば　ほほ撫ですぎる　南風
顏またほころび　春の宵ひかな

桜（はな）曇り　絶てぬか想ひ　これまでと
伊勢に向かひて　今日（けふ）は　四月一日
新（あたら）日《ひ》に　鳥居くぐりて　禊（みそぎ）ては
業（ごう）ながすかと　五十鈴の川に

陽光に　桜吹雪くは　代々木の杜
たづさふ手なくば　春風つめたく

火のやうに　瞬くときを　刻みては
限るいとまか　桜（はな）散るころは

＊夏

つゆ空に　低きみ雲の　間を割きて
三日の月の　ひさしく光る

うま酒　三輪参道に　灯妖しく
時雨の刻（とき）の　夜を迎へし

真珠色　ワインに透かし　レエス織り
雨音かさね　エチュードの鳴る

十六夜の　雲間にのぞく　月まるく
彼（か）の背照らせよ　梅雨の最中も

夜更けより　雨しのつきて　閉ざすのは
奥の深くの　鈍く重たく

雨音に　枕返へせば　宵ひはまだ
一夜のうちに　尽くす想ひは

梅雨あかね　百合の白辺（しらべ）に　雄の黄着《つ》き
なさぬ想ひと　蕊（しべ）つむ夕べ

雷雨きて　夏はじまると　悟するとも
きはかはるかと　葡萄つむころ

天の川　雲切れぎれに　渡す橋立て
逢ふても別れの　さだめ想ひて

一度（ひとたび）と　願ふる想ひ　織り姫の
七夕（ひちせき）によせ　叶ひたまへと

事すぎて　熱（ほて）りし肌も　情けにも
引き留めかけて　夕立の雨

重ねては　独りまがりし　ガードにて
槿（むくげ）の花の　何おもふかど

粧おとし　湯気にむさるる　頬つたひ
　髪ひとすぢの　しづくにまじへて

ひとり夜に　きみうつ伏せし　枕よせ
　投げ出す肢（あし）に　絡む衣擦れ

なにゆへに　映る影おひ　閉じたるも
澱（おり）なき蚊帳の　うちなるを秘め

洗ひたての　シーツくるまり　寝返へれば
主をらずとも　跡奥のこりて

御堂筋　日中（ひなか）の熱の　冷めやらず
寝つけぬ夜の　ことわりとなりて

足止めて　気のたもてばと　求めし小瓶
手渡すかひなく　盛夏きびしく

泉州灘　白きつばさに　夏日映え
彼方に向かふと　のみ伝へし

葡萄の実　摘み取る暇に　夏は終はりぬ
アイス珈琲の　こほりも溶けず

＊秋

虫の音の　開け放したる　窓に添ひ
音なく揺るる　カーテンのすそ

熱さすぎ　秋迎へんと　こころへし
移りし季には　雨ともなひて

彼（か）の言（こと）は　真（まこと）なれども
夢のごとく　ほのお消ゆるは　秋風まへに

秋雨の　冷たき雨うつ　肩袖に
便りもなくば　ぬれぬる身かな

叶はずに　めぐらし想ひ　はかなきて
秋の匂ひと　似た彼（か）のそれは
ひかりなき　闇夜流るる　風上に
処知れずも　在る香の芳し

長月の　月かたぶきて　趣となりぬ
黄金（こがね）の杯の　一献よばれ

秋風の　衣すり抜け　舞ふ身かな
虫の音響きて　長月終はりぬ

透きとほる　西日背にして　宝塚の山
　鳴呼これがと見る　北近畿の影長く

ミュシャの絵の　硝子にかざり　京都駅
　アール・ヌーヴォーの　彩りし秋

実り終へ　枯れ落つものの　理（ことわり）も
艶（あで）ふるなくとは　生（お）ふ意を問ひて

夜明けては　促す朝陽に　艶（いろ）増して
散りゆくまでの　とき慈しまん

夜半より　降り出す音か　秋雨の
聞こへぬまでに　眠りたまへと

十六夜の　満つるなきゆへ　あまりありて
薄暮れたれば　黄金（こがね）にかがやき

空たかく　白絹織れば　まとふかな
地は金木犀の　匂ひただよひ

秋の気は　月の光の　澄むほどに
半ば欠けても　きみを守りて

沈丁花　月のひかりは…

大輪の　黄色い菊花の　盛るさまか
色づくみかんの　房にも似てて

秋月に　支度ととのへ　好みては
趣ふかく　追ふ人のすばらしき

夜半より　降り出す空の　秋雨の
雨足早く　季はきたりぬ

宵ひすぎの　開け放つたる　往来に
過ぎゆく足と　秋風しのびて

陽を浴びて　鍵字の先の　剛きもの
率いて発つは　昆陽（こや）の池より

生（お）ふことの　さだめとはいへ　航（ゆ）くさきに
墜つる者なく　渡りたまへと

蒼々と　霧晴れたれば　最北の
山に挑みて　勇む気を早や

はかなくも　燃ゆるすべなく　散りゆきて
積もる骸（むくろ）の　踏む鳴き声に

晩秋に　独り越ゆらむ　但馬路や
車窓見入りて　きみ想ふこと

月の末　迎へし疲れ　終へるころ
盃かさねては　こころ溶かして

うす闇に　オオハクチョウの　舞ふさまか
孤高に光る　月に向かひて

秋深く　弦るべおとしに　暮るをみて
宵ひの金星　ヴィーナスのもとに

＊冬

誰がためを　案じたるとは　きみ於ひて
うちそとなくば　霜月まへに

冬荒れの　止みても風の　梳くなかを
なま暖かく　吾が髪乱して

暖冬の　偽りごとく　酔ひしれて
現（うつつ）は夢と　ゆめはうつつと

音立てて　北より風の　荒れ吹くを
おの肩抱きて　熱き身を知り

外套を　羽織らせながら　見上げては
共に生（お）ふとの　意を問ひたまひて

日は押して　冷え切る寝間を　あたためつ
並ぶ彼（か）のなき　冷たさ思ひて

誰（た）そ彼（がれ）て　きらきらひかる　聖夜まで
繰りしき日々の　夢ぞはかなき

卦（け）をみては　明けつる年の　その先の
流るる刻を　かさねあへれば

幾年か　楽しき節の　明け暮れば
いつ過ぎやらむ　年の越すまで

晦日夜の　鐘うつ間にも　彼方への
百と八つの　云はれ聞かずは

すぎ越しの　与ふる業（ごう）を　請けたまわん
　明日は初日を　迎へるのだと

あたら日《ひ》に　過ぎてはことの　多ほけれど
　まへを向きては　変はることなく

言祝（ことほ）ぎて　賑やかなりし　外なれば
狭き庵（いほり）の　広さ余して

深々と　底冷えきては　冬の夜の
改札タクシー　月のひかりに

吾（あ）を思ひ　旧暦境ひて　卦（け）みるとや
案じたれども　逆ろふみぎりは

旧暦の
暦の春を　まへにして
立つとも風は　西高東低

彼（か）と吾（われ）の　干する日をば
泡沫（うたかた）の　春未だき宵ひ　夜気の匂ひに

厳冬の　終はりか春か　南風
開けば閉じて　身も蕾も

無邪気なる　きみと乗りしは　観覧車
寒空赤く　月光のもと

第二章

愛しさと刻をかさねて

よきひとの　こころしのびて　一片に
誰（た）がためとも　想ひわづらむ

後朝の　覚めぬ想ひや　うつら寝に
匂ひ覚へし　ゆめのあとさき

暗闇の　山間いそぐ　車窓にて
鏡にうつる　彼（か）の顔おもふとき

刻すぎて　家路に向かふ　互ひとて
現（うつつ）かなしく　手離しがたし

紺（こ）ひ空に　匙のさきほど　ひかりしは
金の月かな　銀の月かな

葡萄酒の　ルビーに光る　ショパンの旋律（かなで）
想ひ寄せませ　今夜も夜想曲（ノクターン）

逢へばよし　話してよさば　黙りても
想ひ伝はる　彼（か）の在ることを

千代みては　自分と重ね　傍らに
一豊まさる　彼（か）の在りきかな

刻（とき）すぎて　於ひては様の　違へども
優しきまなざし　かはることなく

勤めては　励みし姿　見ればこそ
疲れ癒すは　湊になりたく

沈丁花　月のひかりは…

愛（め）されるは　術なく困るも　受けたまひて
対すればこそ　みを裂くごとし

かほ見るも　叶はぬ刻（とき）の　ながれとて
疲れし躰　横たふ寝屋さへ

笑ろふても　口の端（は）ゆがめ　しかめても
すまし顔でも　寝顔だとても

過ぎし日の　打ちたる想ひ　言（こと）ごとに
耐へざる刻（とき）の　腕（かひな）恋ひしく

沈丁花　月のひかりは…

よきひとの　介してこそは　しあはせと
よろづの想ひ　あはせへぬかな

果てなくも　歩みし路を　雄（ゆふ）として
絆なくとも　誉れなるかな

なさけとは　もろくあれども　絶ちがたく
　みち教へんと　さきをしるせば

意汲むとも　触れへぬ域と　おほすかな
　つり革ゆれて　言葉（ことは）なくして

逢はぬより　逢ふことだけを　よしとして
塗る指ほそく　エナメルの艶（いろ）
星いつつ　指なかほどに　戯れば
くるくる廻る　吾（われ）のかはりと

構ふとは　思はざるとも　めぐらして
返事ひとつの　仲であれども

巷には　巷のこひが　あふれでも
聞こへざるかな　きみ向くとはなくに

いはずとも　推すべし言（こと）を　まへにして
崩すことなく　彼（か）のみちゆかば
彼（か）のひとの　思ふこととは　違へども
我おもふゆへ　我のみちゆき

吾（あ）を思ひ　善きひと介す　友あれど
きみ想ひつつ　人かき分けて

わた布を　引きさで程の　想ひをば
顔にださずや　居れる気を持ち

週をまち　きみと結びし　刻（とき）かさむ
今いだきてと　別れしきはに
覚めしとき　重ねた君の　腕（かひな）なく
匂ひ残りて　気はいづくに

逆らひて　みちを忍びて　想へども
逢ふことなくば　忘れたまふと

はからずも　目に飛び込みて　見立ての色
映えし彼（か）の顔　見るはづかしさ

間を縫ひて　求めし刻（とき）の　はかなくは
昼下がりかの　事を許ひて
何ひとつ　ままならぬ身に　憩ふなど
持てる身置きて　余りあるかな

無邪気とは　邪気なきこころと　覚ほすかな
しることたびに　ゆきばうしなひ

追ふ女（ひと）を　誰（た）が問ふことも
彼（か）の無き世　今は想ひの　文を残して

男ゆへ　求めしことは　性（さが）なれど
結びし情け　女ゆへとは

隔てては　結（ゆ）ふははかなき　ものと知る
この身に於ひて　なに問ふものぞ

彼（か）を想ひ　遂げる身あらば　しはわせと
星なるものの　ひかり悲しき

おやすみの　ただ一言に　尽きるとも
きみの寝息を　おもふ幸せ

今はただ　憩ふ支度を　整へて
求むその身の　湊とならむ

励みては　疲れし躰　癒さんと
生（お）ふはその場に　帰へりつくかな

週末の　かほ見ることさへ　叶ふなら
きみ囲ひたる　家具さへならむと

知りへたる　縁（えにし）の続き　こころあらば
想ひ遂げては　よかれと祝ひて

北方（きたかた）に　向かひし君を　見送りて
彼方のおのころ　雲の切れ間に
甘えるを　得手とはいへず　文はすとや
抑ふるこそ知り　慕りしこひは

寝息たて　なに思ふかと　知りたくも
　問ふことなしと　余す身の哀しき

いにしへの　皇子郎女（みこ・いらつめ）の
　睦みしは　密やかなれど　相聞違はず

伏してなど　御身大事と　願ふとも
君なき寝屋の　広き床より

週末の
あいたる刻の　あな深く
なにを見つめて　なにを嘆きて

熱き肌　いまひとたびと　触れへれば
求めあふ身の　なき世を厭ひて

現世（うつしよ）に　まこととほとき　ものあらば
彼（か）のきみ於きて　なにあるものぞ

雄としてや　狩りたるものを　得なりしは
糧と運びて　なるものゆへに

みやこ詠み　送るる方に　ふれるかな
返歌ありては　誰（た）が知るものぞ

送るるは　常に真上に　ゐる人ぞ
何を於きても　伝へたき君

こと常に　足せば足すほど　引くことか
想ふかずほど　想はれるとや

常あれど　属せぬもののゆへ　奪ふとは
いまその刻と　寝顔見つめて

ゆく末に　なにをやあれど　君於きて
慕ふさだめと　この身ひきても

揺るるなか　鞄持つ手を　指す君の
優しき思ひに　添ひておりたく

第三章

言の葉つらねて　想ひ紡ひで

かさねては　刻（とき）の調べを　織る糸の
絆はかなく　言（こと）を紡ひで

苦しきは　想ひのままを　詠（うた）ひても
詠みつらねども　意は違ふとは

言よみて　もて余す身を　返へさんと
枕返へして　熱き身をだき

かひなくも　あふるる言（こと）を　抄によせ
語るすべなく　きみおもふゆへ

歌詠みは　真（まこと）を詠（うた）ひ　尽くひても
これをかぎりに　詠むをわすれて

相（あい）対し　言を重ねて　意汲むかと
謎かけながら　歌詠みつらね

言（こと）詠むは　彼（か）を想ふこと　歌姫の
こころ失くすは　色褪せたまふと

よろづ世の　言（こと）を尽くひて　語るとも
伝ふすべなく　歌詠む吾（あ）をなく

想ふては　伝ふる言（こと）の葉　選びてと
偽ることなく　尊きを詠み

第四章

こひしうて　いとしうて
うれしうて　さびしうて

ひとときの　憩ひまどろむ　寝子（ねこ）の背に
添へる手のひら　撫でる愛しさ

こひしうて　おれなきほどに　こひしうて
洗ひざらひの　濡れ髪かはくまでと

沈丁花　月のひかりは…

きみがため　なになせるかと　案じつも
想ふことのみ　置きどころなく

身受けしと　想ひ便るる　老若の
埋むきなくも　依れば如何にと

路ゆきて　きみ壮健と　居るゆへは
なに触（ふ）るなくも　なにをさておき

奇をてらひ　予期せず逢へば　縁ありと
想へばまへに　現はる不思議

一日とや　想ひ待ちても　来ぬきみを
いだきて熱き　缶のほすまで

逢瀬にて　なに云ふなくも　今はただ
艶（いろ）彩（あざや）かな　想ひのうちに

触れ終ふて　向かふ行方は　違へども
星降りたまふ　天はつづひて

吐息かけ　探りあへれば　密みちて
潤ふみなもと　みちびく標か

未だかつ　開く悦び　知るなくも
乞ふきみ在りて　花ほころへば
導きて
彼（か）を包まんと　容するも
包み抱くは　こころごととは

生業（なりわい）と　思へどこの身　なにゆへに
渡る綱など　か細きものを

湖北まで　湖（うみ）映さんと　比良の峰
雲間にのぞく　空は蒼ひと

揺る波を　櫂操りて　渡る彼（か）の
寝屋あたためて　労ふものと

この先に　一夜一夜の　ことあれど
迎へし殿の　きみを於ひては

梳く空に　椀形ひかる　半月の
すべて抱きて　擁する強さを

傷負ひて　差し出す指を　包みては
愛しさ増して　優しき刻（とき）よ

肌身より　離すことなく　来た日々の
きみが見立てし　鎖は切れずに

誰（た）がためと　想ふことゆへ　吾は在りて
こひは賭けれど　掛け値知るなく

しのびても　文はることの　意を問ひて
女で在るため　男にするため

求めては　在るべきことゆへ　求められ
男ゆへ女　女ゆへの男

沈丁花　月のひかりは…

おほきこと　繰る日の果てに　諸処ありて
麗し空の　彼方望めば

不意の雨　さす傘持たず　かへる彼（かの）を
引き留めたくも　出来ぬこの身を

今はただ　迎ふるのみと　おほすかな
互ひに求む　この場があれば

姿なく　横たふ寝屋の　主は誰ぞ
胸もと耳に　くすり指には

沈丁花　月のひかりは…

内人と　いこひし刻（とき）と　おもふ身は
隙あらさでと　言ひきかしても

外（ほか）なくも　誰（た）が在ることは　望まんと
志は試なりと　おほすことなり

なくもなく　絆守りて　ゆくはしの
戻るにあらば　寄す身の愚かしき

週末の
この身を於くも　誰（た）を望まん
きみ否むこと　意のままにとは

控へては　守りしことの　大儀なり
与ふるものを　よしと致さば

ことごとに　よければ良しと　願ひても
交はしあへども　添ふみちなきと

ならぬとも　前（ま）に見ゆ現（うつつ）
過ぐりては　意ならぬならば　なすがままにと

赤橋の
たもと明るく　映る灯に
我が生ひ立ちの　出でつる屋家（おくや）

沈丁花　月のひかりは…

束の間に　彼（か）の好みたる　銘柄の
煙のゆくへに　影をさがして

かすみ花（ばな）　ひかる画面に　影落つる
こころの傷の　小さく白く

患ろふて　不調に向かふ　彼（か）を案じ
くすり携さへ　知る道急ぎて

司（つかさど）り　上立つ身とは　思ふても
ひと生（お）ふゆへは　甘ふるを求め

闘ひを　日々繰り返へす　さなかゆへ
甘えることの　由比（ゆひ）でありたく

結ふことを　夜毎繰りても　束の間の
針の音さへ　止めてしまへば

如何なるも　先ゆく先を　まへにして
悟（ご）すれど胸の　慟哭（どうこく）の音（ね）は

灰色の　虚ろ泣き出す　川面映し
モノレエルの　揺るるごとくか

誰（た）がためと　求めし小花　うつむきて
香に惹かるるも　影ははかなく
募りても　慮（おもばか）りても　隔たりて
返へざる言（こと）の　想ひにさまよひ

たゆとうと　ピアノの調べ　ただよひて
かすみの花の　香おほへし

重ねども　永遠（とわ）ならぬ刻　終（つひ）なくば
何を望みて　何を願ひて

貫きて　意のままながすも　振る舞ふも
泣きわめくとも　甘へることとも

文はし終へ　ゆき交ふ電車　まへにして
さきの珈琲　苦きくちあと

夜尽きては　陽ののぼること　万象の
賢者のうへにも　愚物のまへにも

堪へざるも　期するをやまぬ　荊のみちに
渡す不毛の　原にさまよひ

共すれば　美味し酒肴と　彼（か）のかほに
触るる極上　このうへなきと

おはやうを　交はすひまなく　抱かれて
朝のひかりに　目覚めし躰

夢見つも　悪しきことなど　きみのかほ
想ひ出しては　朝陽まぶしく

誰（た）が問へど　きみ想へれば　居れるかと
彼（か）の残したる　内なる疼きに

さてもおき　よるべなき夜と　おほへつも
さりとてきみの　こころ知るなく

現世（うつしよ）に　満つることなき　彼（か）のひとの
計りかねても　偽ることなく

彼（こ）の道を　めぐりめぐりて　さまよへど
戻る想ひの　辿りゆく先

このうちに　なに隔てるものの　ありふると
うつつの幻　ゆめの誠に

遅るるも　きみ居らぬかと　振り見れば
見慣れし姿　手を振るうれしさ

如何（いかん）とも　生業（なりわい）なれど　済まずして
殿方の内　深きもの知る

誰（た）がためと　温む床の　かたはらに
　きみ横たはる　すき間を残して

灯にうつる　枕の下（もと）に　ひとたびと
　疲れしきみの　寝息を耳に

沈丁花　月のひかりは…

なにあれど　さて置きて云ふ　おやすみは
誠意と律気と　想ひと願ひと

影なくも　被（おほ）ふ香りは　彼（か）を抱きて
首筋よせる　想ひの奥に

女ゆへ　むさぼる愛に　吾（われ）絶ちて
　　狂へるほどの　想ひ知りぬる

人知れず　狂気と憂ひの　はざまにて
　　掻きむしるほど　狂をしひほど

うちふるへ　求めてやまぬ　彼（か）の波に
征服さるる悦びと　独占せしむる満足に

一片（ひとかた）に　ひらひら舞ふ身を　捕らへては
きみ印さんとする　刻印のあと

束の間の　逃避の道の　誰（た）も知らず
はかなく強く　残象は燃ゆ

第五章

出立・しばしの離別《わかれ》に

異国へと　出立の日の　朝まだき
旅立つきみの　姿焼き付け

並んでは　歩む足止め　目伏せては
口元見つめ　離（わか）れのまへの

見へるとも　分からず手を振る　吾（あ）に気づき
振り返へりつつ　機内向かふきみ
裏側に　をりしも忘れじ　存在に
時差はあれども　隔てるものなく

一人乗る　通勤電車の　窓たたき
彼（か）の無事祈るは　あられ降る朝

彼（か）の戻る　弥生の春を　待ち憧れ
こよみ移れば　空港急ぎ

きみ待ちて　かほ見るうれしさ　駅までの
引き留めたくも　限られし刻（とき）

凛と立つ　カラーの茎の　蒼は春
生けては吾（われ）の　姿かさねて

あとがき

「あんたは昔から書くことが好きだったから、何か書いてみたらどうなん？」

三十歳半ばを過ぎたころから、母がしきりと私に書くことを勧めるのを聞いて、

「そんなに簡単に書かれへんてェ。そのうちに、本でも出せたらええけど（笑）」

と決まり文句のようにいつも笑って答えていました。

私の祖母は女学校の娘時代から歌を詠んでおり、出身の大分では「朱竹」、大阪に来てからは「薔薇」という会に、また「女人短歌」では、長沢美津先生に師事しておりました。まだ二、三歳の私は「お菓子をあげるから」という言葉に釣られて、よく手をひかれて歌の会に連れて行かれたものでした。

父は若いころ、能の謡《うたい》から転向して詩吟を始め、祖母が詠んだ歌を父が詩吟で吟ずるという環境で育ってきました。

「晶子の名前は与謝野晶子から取ったの？」と聞く私に、

「違うで。日曜日に生まれたから、３のデー（サンデー）で晶子ってつけたんや」

とは父の口癖ですが、そんな父親に詩吟を習い、本を自費出版した祖母の趣味の短歌を思いつくまま詠んでいたところ、このような歌集出版という機会に恵まれました。祖母が生きていれば、どれほど喜んだことだろうと思います。

人の心、四季の移り変わり、ことあるごとに、私を取り囲んでくださっている方々に感謝しながら、これからも日々精進を重ねて詠い続けていきたいと思います。

からしま　あきこ

著者プロフィール

からしま あきこ

1966年４月10日生まれ。
大阪府出身。兵庫県在住。本名は辛嶋 晶子。
旅行会社勤務。
好きなものは、花と木と月とねこ。
現在は、２匹のねこと同居中。

沈丁花 月のひかりは…

2007年８月15日　初版第１刷発行

著　者　からしま あきこ
発行者　瓜谷 綱延
発行所　株式会社文芸社
〒160-0022　東京都新宿区新宿１－10－１
電話　03-5369-3060（編集）
03-5369-2299（販売）

印刷所　東洋経済印刷株式会社

ISBN978-4-286-03175-0